U0458181

微弱但
不可摧毁的
事物

胡少卿诗选

胡少卿 著

上海三联书店

目 录

辑一 | 1998-2003
     | 庞 大 固 埃

校园（组诗节选） / 003

鸟巢 / 006

水流 / 007

寒夜里 / 009

雷雨过后 / 010

对于世界，我没有太多要求…… / 011

我在岁月的河流边 / 012

我不相信北京的雨 / 013

燕园 / 014

动物园 / 015

少年时 / 016

单身女人 / 017

学校 / 018

短诗一束 / 019

长廊 / 023

乡村二首 / 024

骑车 / 026

平常 / 027

凋谢了的樱桃园 / 028

庭院 / 030

在路上 (组诗) / 031

月份组诗 / 039

自行车 / 044

清晨的哀歌 / 045

夜 / 046

离开你 / 047

上班 / 048

光线 / 049

城市 / 050

辑二 | 2004-2009
恨 铁 成 钢

呼唤 / 053

栀子花 / 054

你 / 055

告别 / 056

年龄 / 057

夜车 / 059

世界 / 060

这是 / 062

秘诀 / 063

我的白天被占领了 / 064

路遇 / 065

领悟 / 066

清秋曲 / 067

少年时是小溪 / 068

这 / 069

老太太 / 070

近来 / 071

2008 年 2 月 21 日 / 073

癞蛤蟆 / 075

桃花　/ 077

雷电　/ 078

辑三 | 2010-2014
　　 | 明神

滴答　/ 081

明神　/ 082

绿　/ 084

梦　/ 085

我　/ 086

瓷器　/ 087

三　/ 088

学习　/ 090

杂物　/ 091

笼中　/ 092

早晨　/ 093

在夜里　/ 094

青年十诫　　　　/ 095

麦子　/ 096

监考　/ 097

槐花　/ 098

我们 / 100

机器 / 101

打扫 / 102

酒 / 103

无题 / 104

清晨 / 105

毕业十诫 / 106

学期 / 108

老屋 / 109

洞 / 110

雨 / 111

菊花茶 / 112

电梯里 / 114

辑四 | 2015-2019
     | 坐 一 个 敬
     | 山 亭 和 我

许诺 / 117

桌子 / 118

放下 / 119

老屋记 / 120

出征记 / 122

走 / 123

在龙湖商场 / 124

绿之海 / 125

四时杂咏 / 126

剥开 / 128

星期六 / 129

诗断片 / 131

梁山 / 138

遇见 / 139

冬天的雪 / 140

坐 / 141

一场想象的春雨 / 142

红色的花 / 143

井 / 144

想象翻旧年的日记 / 145

明月 / 146

幼儿园 / 147

剃刀 / 148

小时候下雨天 / 149

凶手 / 150

等待 / 151

黎明 / 152

空虚 / 153

另一个我 / 154

一双鞋 / 156

大觉寺 / 158

龙泉寺 / 159

柏林寺 / 160

河边 / 161

你见过爱情吗？ / 162

赠别 / 164

记忆 / 166

自画像 / 167

菜站里 / 168

躺在床上的女人想法 / 169

宜昌 / 170

菜刀 / 171

蓝夜 / 172

人们 / 173

变形记 / 174

后记 / 175

辑一 | 1998-2003
庞 大 固 埃

校园（组诗节选）

教室。几十支白炽灯管
像几十只怪鸟
低低地斜飞在我们的头顶
我们一低头
它们就恶毒地怪笑
我们一抬头
它们就假作正经地闭口

上自习。像暮色里一支神秘的军队
一群自行车悄然无声地进发
——并没有什么不可告人的秘密
至多不过是占领一个座位而已

自行车。是谁被孤零零地遗弃在停车场上？
是谁四蹄朝天像一匹衰老的战马？
自行车，蟑螂一样多的自行车
当地心的震动传来
你就要蠕蠕四散
有人用你换来了汽车洋房

有人用你
锻造了自由的翅膀

银杏。这是秋天最美丽的落叶
这是秋天最长的林荫道
我和你手牵着手
确信由此可以进入天堂

你。淡淡风中的你
和栀子花一起开放的你
独一无二不可触碰的你
眼睛望见你是木鱼
心房想起你是卵石

草坪。一片让我流泪的黄金天堂
一片发自内心的飞毯
草坪，我已是孤身一人
可否在黄昏时载我一起飞升？

道路。一道白光劈进黑夜
上帝的刀斧是雷霆和闪电
我们只有血淋淋的手指
面对骨肉浑成的土地

雪。微弱的雪，鲜明的雪
永远以黑暗为背景
出现在我们面前
我常常对着雪大喊
并且相信
雪，这簌簌无语的雪
就是来自远方的回音

1998.10－1998.11

鸟巢

在冬天的夜晚我看见鸟巢
它栖身于光溜溜的树杈间
比我更高，比月亮低一点
北方大地上的一切在寒冷中
呈现出凝固的姿态
鸟巢也不例外
它是黑色的
黑色是一种温暖的颜色
我注视着它
感觉目光被吸引，热量在损耗
鸟巢像一个黑衣巫婆
不紧不慢地收束着一丛丛细线
我面红耳赤，强行收回目光
忽然听见洪亮的鸣叫
和振翅飞去的声音
当我再次定睛注视鸟巢
却只看见　空空的枝丫

1998.12.4

水流

我听见水流了一晚上，他说
秋天的月亮又大又圆
水流了一晚上

水流了一晚上
毫无意义地流了一晚上
我在睡梦的左侧醒着
毫无意义地听了一晚上

水是断断续续的水
月亮是一长串月亮
只有你是唯一的你
在我睡梦的右侧
长久地逃避

只有你是开花的你
月亮底下永恒的秘密！

我循着漂浮之声去找你

却只听见清晨里微微的叹息
现在我在回忆，他说
多年以前
沉默的我沉默的你
骑车驶过枫树林

1998.12.23

寒夜里

寒夜里漂满蒲公英一样的星星

我轻轻地呵出一口气

它们就忙乱地飞舞

寒夜里冰在不远处爆裂

我随后听到了

体内骨骼的响应

寒夜里天是一种没有格局的黑暗

我用一朵火焰

照见一只通红的鼻尖

寒夜里新娘已经安睡

我其实是一只灯笼

还在檐下轻轻摇曳

1999.1.5

雷雨过后

雷雨过后会落下大批的花朵
一丛丛流水像四处奔逃的蛇群
雷音还在叶脉中扩散
一颗水滴代表一轮声浪

雷雨过后一切都已平静
我站在窗前
脑海里依然留存着
痛苦痉挛的闪电

1999.5.3

对于世界，我没有太多要求……

对于世界，我没有太多要求
如果可能，请给我天才
我想用它痛苦的光芒
照亮众人的头顶

对于世界，我没有太多要求
如果天赋像飘远的尘埃
请给我爱人，一个深情的姑娘
陪我走上遥远的路程

如果美丽的爱情迟迟不能降临
请给我一颗平静的心
一段习惯于等待的灵魂
让我守候一盏灯所带来的温馨

如果飞翔也不成为可能
如果光亮也不成为可能
请给我一方稻田一块床板
我愿在两根木筷中度过一生

1999.6.8

我在岁月的河流边

我在岁月的河流边慢慢走
有人冲我喊：
"投降吧，投降吧，
因为和岁月交战从来没有胜者！"

我微笑着回答他：
"不，我从未与岁月交战
——我们只是偶尔同行。"

1999.6.12

我不相信北京的雨

我不相信北京的雨
它从未大到足以将我淋湿的地步
虽然有时它也动用雷电粗哑的嗓子
和闪电狰狞的爪牙

我也不相信你的怒火
虽然你咬牙切齿，声色俱厉
我却在你睁大的眼里
看到了一丝顽皮的爱意

1999.6.14

燕园

开始时我觉得它很大
后来我觉得它很小
它的围墙
甚至高不过我的眉额

盛夏时节我常常坐在水边
阅读一本书或思念一个人
一泡鸟屎打断我的沉思
不禁蓦然回归于燕园的静寂

2000.5.11

动物园

游人如织
覆盖落满灰尘的动物园

大人小孩指指点点
嘲笑猴子的红屁股
和大象的干嘴唇

哦，那些观赏的与被观赏的
轻衣霓裳与疲倦披挂的皮毛

在动物园里
人们出奇地和睦
彬彬有礼的眼神
交换着这样的共识：
它们是动物，而我们
——是人

2000.7.10

少年时

我曾倨傲地登上高楼
撇下地上的亲人
去与灿烂的星空相会

如今我已害怕楼上的黑暗
羞惭地坐在人间
坐在温情的灯光里

2000.8.17

单身女人

人影稀疏
夜班车弥漫着鬼故事的氛围
一盏回家的灯
召唤着幽微的脑海

一站一站地到达
寂寞在轰鸣的尾气里扩大
单身女人下车了
像夜风卷进城市黑暗的角落

2000.8.27

学校

教室是监狱
有男的，有女的
还有判无期的老犯人——老师

寝室是鸟笼
大家一起扇动翅膀吧
看能不能让整幢楼起飞

还有又破又旧的图书馆
她是个老婊子
养大了不知道多少条汉子

2000.10.19

短诗一束

荷兰风车

旋转呵旋转
在等待中无限扩大自身

岁月让我们干瘦黑小
内心却日益丰盈
像泉水浸润着土地……

旧物

雷声隆隆，树叶沙沙作响
我举着一件衣服奔跑在路上
大滴的雨点稀稀落落
猛然，我被照亮
看见了自己仓皇的面容
一道闪电刚烈无比
——这是唯一在我和过去之间

进行沟通的旧物

阴天

天阴阴的
一个女人被一条狗牵引
踩着飘忽的舞步
两个落魄的男子
走过树叶飘零的道路
"为什么女人总喜欢动物？"
"因为它们温顺。"

三天

把锅搁在火上
一股腥味弥漫开来
已经三天了
那条死去的鱼
还在召唤它受难的身体

小肉果

哎哎，别光顾抱我
你的果果放在桌上
要爬蚂蚁了

小肉果，小肉果
你是我的果果
怎么不怕蚂蚁呢？

蚂蚁

我一伸手就碾碎了一个
连一点声音都没有
所有的恐惧、畏缩、奔走、战栗
都在那黑色的灰尘里了

南京

我想，寒冬一定与南京有关
温润的烟花雨季
总得在末尾有个交代

可是，那个面容虚浮的汉子
拒绝交代
一任皮鞭猛烈的抽打
他睁着双眼，但缄口不言

2000.10-2003.5

长廊

当你在长廊里走动
你就搅动了一生幽绿的水
大块大块黏稠的液体
使你的身体
变成不由自主的慢动作

那些常见的流体：灯光，烟雾
沟通了紧闭的房门
许多像你一样的影子
在昏暗的长廊里出没

长廊构成了你最主要的梦境
有一天，你梦见长廊的尽头
绵延着黑色的梯级
向下，是你艰辛的来路
向上，是你遗忘的路途

2000.12.10

乡村二首

回乡

用砖土垒起奇怪的盒子
装起瓢碗，殓衣，和不停歇的阴雨
生育时涨时落，最后均匀
疯子依然在匆匆走路
只是躯干更老

在回乡的路上
我闻见蓊郁的米香
和传说的苦难
青菜长满田畴
它像绿色的胃一样长久

乡村生活

我想我已不能习惯单调的乡村生活
有时阴雨封门，三月不歇

狂风刮过屋顶

卷走婴儿的梦呓

时间如在山中，不知快慢

不知不觉就老了

在你还未烈火咆哮地发怒之前

暮色苍茫中拾韭菜的孩子

背影远了，咿呀的歌声远了

假如你是一只老虎

你一定会注视黑夜中房屋的影子

想象它们就是山石与巨树

2001.1

骑车

我记得我在骑车
春天的气流让我头脑发昏
一会儿往左，一会儿往右
像扑着翅膀的母鸡一样
没有目的
我先是骑在车上
接着骑在两个轮子上
最后我发现自己骑在空气上
阳光反射出张狂的影子
像一只蛮横的黑蜘蛛
直到倒在地上
像所有古怪的钢铁一样弃置路旁
我仍然无法相信
自己是厄运的最后一个部件

2001.4.22

平常

他们以前也敲过我的门
我没有理睬
他们就消失了

为了渡过漫长的日子
平常是必不可少的武器
我们的心脏像灯一样
我们的身体是无边黑暗

2001.8.8

凋谢了的樱桃园

在雨中，我常常回忆起凋谢了的樱桃园
故宅煽动起积压的潮气
外婆的手摩挲过的每一副老式家具
在黑暗中显形
死去的树木
用泥土代替了绿荫
一张小饭桌，用热气
精心算计着我的小胃口

牙膏空了
从三月到五月
它像一个小小的见证
时间是扩散的有害物质
它从来不是流逝
只是停驻，持续地入侵

现在我想起久远的往事
忽略了雨云，蛛网和
外婆的故去舅舅的发疯

离开这里
一个女人代替死神开始了对外公的专政

甚至也忽略了那显而易见的事实
从来没有什么樱桃园
一棵水土不服的梨树
用偶然的结果为我们创造惊喜

现在它也不见了
逝去，逝去
融入周遭的土地
废墟像波纹一样

2001.8.11

庭院

一个，两个，她在数着桃子
一滴，两滴，我在看着雨点

起风了
回到我们的小庭院

看哪
一片羽毛落在水边

2001.8.13

在路上（组诗）

1

在路上
一对男女面对面
中间是一段僵硬的距离
作为身份的象征
一辆自行车温顺地停在阴影里
后座散发完体温
落上了轻微的霜粒
他们比试着冷漠
似乎执意要吓住对方
一股焦躁的火苗
从腹部缓缓升起
什么时候才能结束
什么时候才能开始
啊，在这人口众多的城市
能撒气的只有对面的人

2

我和你并肩骑车
走过熟得不能再熟的道路
夜色像尘埃一样
分割着行人的五官
用三张钱换回六样物品
"真是一次成功的购物。"
你的喜悦像鼓胀的纸袋一样真实
落叶纷纷
它目睹我如何从一个自由的暴君
变为爱情的奴隶
那么，用三年时间换回一段平静的婚姻呢？
空气里只有你是可以
一手抓住的事物
"我 24 岁了，
一事无成。"
骑车的人投来惊悚的一瞥

3

起风了

坐在房子里多好
房子，像父亲的手
平时打骂我们
现在抚摸我们

我记得在路上
树枝发出吓人的声音
电线也摇摇欲坠
"可怕的不是风，
而是风刮落的东西。"
我这样说着，灰尘一瞬间
蒙住了我的脸

4

从一个地方到另一个地方
时间丈量着距离
为什么那里会更亲?
为什么更亲的会更像空气?

翻开发霉的相册
我倚着的树都老了

一条乌鱼脱开小手
蹿过隐匿的河沟

烈日擦去了熟悉的小径
我站在村口眺望
再也挪不开脚步——
仿佛有一种无形的禁忌捆住了我

5

我们的司机趾高气扬，横冲直撞
像一个戴着墨镜的"暴走族"
宝相庄严的领袖在挡风玻璃上碰撞
十几位乘客安之若素
道路布匹一样逼上额头
这时，前面聚集着一伙人
我们的车子骤然减速
人群让开
地上一摊血
大年初二的太阳照在一堆衣服上
像灵魂踩瘪了的脏气球
车子艰难地移动

轮胎像委曲的蛇
终于通过了这道关口
我们的司机不像是松了一口气
倒仿佛置身于山影中
滞重而严肃

6

四月的一个夜晚
大风猛烈地吹着
我吃力地蹬着单车
闭嘴咒骂
沙尘像密集的蝗虫
飞舞在建筑工地的光柱里
在我前面，并排五个女生
拎着标有"小货郎"的黄色塑料袋
嘻嘻哈哈，东倒西歪
她们愉快的谈话声被迅速卷走
我越过她们，
只看见闪光的镜片、眼睛和牙齿
许多年后，他们将离散各地
嫁人、生孩子，陷入无穷的琐事之中

有人穷困，有人被抛弃
有人学会了抽烟
有人的皱纹像烟圈一样蔓延
在不同的地方
或许她们会想起这个集体采购之夜
这个充满笑声的暴风之夜

7

我骑着一辆破旧的自行车
慢吞吞地走在路上
夕阳照着我弓起的脊背
这多像一条末路！

不善交往，讷于言辞
每一次公众生活带来的挫败感
正如另一些人获得的成就感

一条下坡路就在眼前
影子像僵硬的腿骨一样无法变更
有一瞬间
我忽然对生活完全绝望

8

天蒙蒙亮，我走出楼道
与一场大雪猝然相遇
它晶莹、浑圆，如处女
街上有人在走动
有人发动轰隆隆的钢铁
运载着人类的豪情
世界—— 一台黑白电视机
我登上一辆公共汽车
卖票的小伙子睡眼惺忪
被司机连声呵斥
两三个人像雪天的客人
被感伤的音乐包围
每一个动作都像表演
包括抄着手，缩着脖子
仿佛有一副无形的担子压着你
包括簌簌无声的雪（无头苍蝇一样撞着玻璃）
巨大轰响的北方的泥泞
将一幕怀旧的老片碾得四溅
路边突然出现一堆野火
真实的火苗使目光变暖
我捏紧了手里有限的纸币
一场雪使生活重新变得美好

9

白雪渐渐褪去
绿色在增多，水在增多
平原上，一棵一棵孤独的树
和路边的老人没有区别
拾垃圾的孩子
被驱赶着回归那些低矮的院落
有人在闹市集合
有人在门口咀嚼饭粒
遍布南方的小城
散落着野马一样的少女
过了商丘，便是伊尹、木兰
"十八里镇人民欢迎您！"
辽阔的乡村土地
曾见证我的恐惧、战栗与卑微

2001.11—2003.1

月份组诗

二月，雨雪霏霏

迷人的二月时光
寒雨淋熄了春天的火焰
爱情像你我眼中噙着的泪水
不由自主地摔碎

迷人的二月时光
开放的油菜花只有几朵
有一朵是我们的爱情
在春天到来的时候早早凋落

二月时光，致命的时光
我们在小路上徘徊
在大路上分开

二月时光，像你我最后的相框
挂在我空旷的墙上
勾起无言的悲伤

四月，非典

寒雨侵入远山
一个陌生人
目光郁热，咳嗽连连
在广场祭起阴暗的火焰
弯曲的流水线在自行车轮上展开
一个，两个
白口罩一晃而过
空气里交换着疑虑的眼神
"刺猬如何相互拥抱？"
"我们最大的敌人是'别人'！"
像在战争中
一块白布改变了一切
一个陌生人带来一千个陌生人的翻版

五月，打铁

红色暴乱的五月
飞鸟像填满天空的尸体
房屋面临爆炸
青草不断吸入废气

张老三慢慢舔干

刀上的血迹

一匹马等同于一座小镇的眺望

江水滔滔

犹如内心的混乱

不过是走完该走的路程

铁匠铺里，打铁铮铮

我怀念那些

死去的人们

八月，割稻

打谷场上干净凉爽

稻秸一捆一捆地码好

——金黄的，将在火焰中变回太阳

稻子堆在一边

——浅浅的，填不满饥饿的谷仓

中间放着我们的饭桌

像一场感恩的仪式

蝉在嘶哑地叫着

惊惧于它的死亡
手,握着碗筷
抖索着扒下大口的饭粒
夜晚慢慢浸上来
寒冷趴在槐树荫下

十月,运钞

(被假期砍头的十月)
为什么你总是皱着眉头
在脸上挂着大大的"十"字?
亲爱的,为什么你总是不快乐?
十月了,虽然刮着大风
可是阳光多么明媚!
让我们也像那些人
游览刻满名字的古迹
或者,蒸两只大闸蟹
啃食它们无辜的内脏

为什么你总是不快乐?
天上不会下刀子
人们都很善良

为什么你总是疑虑重重
像一辆慢吞吞的
绿色运钞车?

十二月,光

什么人该感谢生活
什么人该诅咒那该死的风

河流的光因此是绝望的光
白雪的光因此是腐烂的光

流浪的十二月
用雪迹爱抚暗淡的灯

1999,2002-2003

自行车

要找他
找他那辆自行车就够了
从破到更破
它谦恭地停在主人安排的角落

你也骑着一辆破车
到教学楼下等他
看见熟悉的自行车
心，就安稳了

现在，自行车驮着我们
驮着一个家庭的萌芽
奔走在小石子路上

天，有时下雨，有时晴朗
自行车，也必定是被遗弃的
自行车

2002

清晨的哀歌

火车在奔驰
心怦怦乱跳
人在衰老

生殖器在炎暑中耷拉着
冷水浇上火热的身体
关节隐隐作痛

桃子熟得流水
一个一个打下来
分给围观的人

清晨醒了
枕头湿湿的
裸体优美

而生活一蹶不振

2002.7.13

夜

夜越深了，声音就越大了
窗外的蛐蛐都听见了
你热烈地和他讨论着
明天的见面问题
电话似乎响了一天
一个小小的束起的包裹
足以让房屋空旷

在另一间屋里
妈妈无声地哭了
一块脏抹布
在桌面上疲惫地摊开

2002.8.23

离开你

离开你
我重新变成一个无根的人
爱，原来是某种重量
坠住我气球一样的身体

在熟悉的小酒馆
我用滔滔不绝的言辞
掩盖自己的懦弱
寒冷封锁了每一条道路
在滚烫的血液深处
是雪末，冰碴……

2003.2.21

上班

上班，下班
嗡嗡的声音向你要钱
肩头都肿了

一个女人
尖笑着划拳
——为什么她那么快乐？

为什么花还能开放
树还能忍受干渴
柔软的东西必定有壳

一到屋就吃萨其玛
还是喜欢甜食
还是喜欢小小的放纵

大口喝下冷水
"我也是个小孩"
肚里的小人泪光晶莹

2003.8.14

光线

携带雨伞的人
深夜归家
木门窄小，动作简单
生活依旧
一盏灯等待开启
眉毛灰扑扑的
而目光热烈
床，桌椅，被褥温存
一个人的生活是向黑夜致敬

2003.9.9

城市

已经五个月了
我离开诗歌
坐上火车像骑上一匹马
在波涛中耸动胸脯
高空中的钢铁吊臂
狠狠扬起鞭子
抽打没命的人群
高音喇叭不停广播：
"来自四面八方的劳动者，
汇入建设首都的伟大洪流……"
这朝阳普照的城市
仿佛是全部的命运
我吸入灰尘
吐出爱与恨
在坚硬的水泥地面
体会生存的轻

我会老去
而城市永远胎死腹中

2003.12.27

辑二 | 2004-2009
恨 铁 成 钢

呼唤

"爹诶——"
孩子在黑暗中呼唤父亲
她的弟弟在后面跟着，一个小小的黑影
"诶——"
我站在门口，顽皮地应答
他们走过来，辨认我，
又走开了
我忽然怔住了
有多少年，我没有走过村庄的黑暗
呼喊一个强有力的人

2004.1.26

栀子花

雨下了一天
我打着伞慢慢回去
突然传来栀子花的香味
白杨树变得不真实
那家店里，主人却一定说是百合
现在好像正是栀子花开的时节
我真想带几枝栀子花回去
让它们的香味布满小屋
我童年时
外婆的院子里有一株栀子花
它们散发着真诚而热烈的香气
大人小孩都喜欢把栀子花别在扣眼里

2004.7.10

你

你不会爱上我
正如我不懂黑夜的沉默
那孤灯已够了
光亮已阻塞诉说的通途
愤怒狮子心
无可匹敌血淋淋的虎胆
我摔打绵羊的身体
施展倔驴的伎俩
噢，怎能战胜你
怎能征服你
饱满的乳房铺天盖地
我轻易获得却无所归依

2004.7.25

告别

还剩最后一个水果
我高兴地吃完了它
不知从什么时候开始
类似的结束总让我心满意足
比如扔掉一双穿破的鞋子
写完一本日记本
把盘子里的食物一扫而空
还比如束起垃圾袋
让被遗弃的再一次被遗弃
这是一些完美的告别
每一次
都像经历一遍细小的死亡

2004.10.4

年龄

就要到了，记忆就要超过未来

习惯的淤泥堆积

鼻孔，费力拉动风箱

双手扑腾：永远飞不走的瘦鹰

焦虑的烟囱让两眼变黑

让烟圈蔓延

抽水机日夜轰鸣

心田颗粒无收

铁锯切割着年轮的腰肢

使它一无所知

剃刀雪亮

反复荡过生锈的喉咙

它预备裁剪什么，删除什么？

大脑的细针缝缝补补

骨骼咯吱作响

不情愿地打开面向空气的大门

油尽的飞机在耳边低飞

阴茎收缩

脚步绑上绳子

影子像平躺的

黑色衣裳

刚好合乎秋天的韵律

2004.10.18

夜车

我喜欢夜行的公车
它畅通无阻，声势惊人
像鲸鱼航行在大海
夜风扑上面颊
一会儿清醒，一会儿茫然

今天我高兴地登上夜车
猛然发现一个叫张强的同事坐在前面
他背着大包，斜着肩膀整理什么
显得又疲惫又颓唐
——他是一个拖家带口的中年人

2004.10.20

世界

夜晚的灯，我宁静的知己

——里尔克

世界最好弥漫着雾气和酒精
最好可以返程
我将重视一切蓝花和蜻蜓
壮大喧嚣的旅行
从大到小，从混浊到日出
从誊写清晰的上交作业到
凌乱的草稿
爱开始恢复，幸福离得更远
人员单纯，关系简单
那些被租住的矮房
浴火重生
最初的相遇还是那么局促
傻得可爱
然后是青春的荒凉与绝望
无奈的诗歌嚎叫
在你之前

地母宽厚慈祥

我属于乡村廓大的星空

嘹亮的蛙鸣

一个少年，在煤油灯下

对世界满怀热望

2005.4.2

这是

这是初夏明亮的蓝天
我拎着两袋衣服走在去洗衣房的路上
科头领受无言的恩情
土地向天空奉献绿色与水分
阳光驱走骨头缝里的霉
精力的淡蓝色火花在皮肤上噼啪作响
我愿意和空旷分享我的健康与平静
我已经解开绳索，我也是杜仲、辛夷与鼠李
直到走进阴暗的小楼
蓝天还存在于身体的高处
我的心脏微微应和着它的坦荡与磊落

2006.5.28

秘诀

我获得快乐的秘诀是
把心降到尘埃
快乐便似罗袜生尘
当阳光晴好的正午
我甚至允许它坐上树巅
纵使一只渺小的虫子
也能看出快乐至少铺满了三百尺的高空

2006.5.28

我的白天被占领了

我的白天被占领了
只剩下一个宁静的夜晚
我喜欢在台灯下把自己脱光
全心全意地和自己呆会儿
其他一切都是虚幻的
只有这具平凡的肉体是真实的
我有什么改变了
又有什么能被我改变
秋天来了
我躁动的心开始平静
像偏僻的湖水
从容承受落叶
我试图去热爱点什么
试图在倒映着蓝天白云的深处
把激情燃烧干净

2006.7.20

路遇

大雨间歇
湖边幽深昏暗
我缓慢地骑车
而一个女人斜刺里走来
我竭力想看清她的面容
一棵树固执地
在运动中遮挡我们
仿佛我们是围绕它旋转的木马
这时，路灯突然亮了
仿佛拍了拍手掌
我们彼此远得只剩下背影

2006.7.23

领悟

没有你
我不过是一个普通的男人

没有我
你不过是一个普通的女人

爱人啊
原来爱就是
让我们恰好相遇并熠熠生辉的物事

2006.8.16

清秋曲

层云低驻
午后懒散舒适
一对男女并肩骑车
像鱼儿游过空气
他们或许是杨玉环和李隆基
解语花会害怕秋天吗？
在树下，老磨刀匠摩拳擦掌
把天气越磨越薄

2006.9.3

少年时是小溪

少年时是小溪
中年时是池塘
（池塘生春草）
老了我想成为大海
从心所欲不逾矩

真好
我还没有厌倦

2006.10.13

这

这不像冬天
风和阳光解放了自然
云朵像无辜的鲸鱼
不断抛弃自己
命运敞开五脏六腑
接受随意的拨弄

这是 29 岁刚刚来临的冬天
前途还不确定
我既没有做爱，也没有滑冰

2007.1.23

老太太

这是多么末日呵
楼上楼下各住着一个老太太
她们一个白天明确提问
　　　一个以半夜漫游的形式
要求进我的房间
而我背对着她们
面向窗外
用我青春健壮的身体
不停地写呀，写呀……

2007.3.14

近来

近来，我是多么容易被感动呵
刚才，站在超市里，眼泪就差点涌出来
没想到这个超市这么大
往里走，还摆了那么多吃的
那么多花样，那么多品牌，那么多的心思和用意
仿佛是向卑微的生存致敬
我站在那里
就是站在生活的底色上
站在亘古不变的历史里
我们花了多少精力和热情来维护自己的身体
可是，它的崩塌也就一瞬间
油盐酱醋米，它们默默等待着挑选
锅碗瓢盆椅，它们期待着融入一个家庭
这些新鲜的生活元素
最让恋爱中的男女兴奋
他们像蚂蚁一样一点点搬运
我想起四五年前
我和前女友站在这些东西中
充满了过家家的快意

那是多么孩子气
所以经不起打击
我们丢弃了不止一把菜刀
一些砧板
许多精心挑选的好看的瓷碗
这些不会腐烂的东西
映照着生活的易变
原本是什么都可以放弃啊
这些花样，难道不是为了帮助度过无聊？
当心境苍老疲惫
我又从另一种意义上为这些不变的
繁琐的颜色和造物感动

2007.7.1

2008 年 2 月 21 日

一条还未投入使用的新马路多么令人激动
我曾不止一次独享它处女般的胸怀
而今夜，路的尽头升起朦胧的元宵月
三三两两的人影被猛烈的烟花曝光
有人举着手机不停拍摄
沿路都是抱烟花鬼祟的人
（四方四正的滑稽形状）
他们点火的动作像一些坏蛋
随后就是雄浑的爆炸
灿烂的像生命一样的花火
救火车也来凑热闹，停在那里不动，像红
脸膛的老人
城市在四周的焰火中陷落
街道上拥挤着看烟花的人
他们大多是农村来的打工者
刚刚从痛苦不堪的火车上落地
迎来无望的新的一年
天气变暖了
那些滚动的轰鸣也可以听作春雷

有人从三楼挥动一小条焰火

无力地，慢慢燃尽

我们都多么想干点什么

这又丑恶又强壮令人热泪盈眶

的盛世

· 2008.2.21 元宵节

癞蛤蟆

年初六下午，一只癞蛤蟆出现在墙边
三岁的小外甥又好奇又紧张地盯着它
片刻的对视后，它缓慢地爬回了墙根的植物里
小外甥挥舞着树枝，试图刺探它
但很快又被远处的呼喊吸引

天色暗下来，癞蛤蟆又出现在门前的泥地上
小外甥又一次盯上了它
这次它不再退缩，而是拼命地挤过丝网，消
失在菜地里

它再不肯放弃最后一点天光（既不至于让它
迷路又掩护它）
无论那个庞然大物如何跺脚大喊，口水流到
胸前
它都要执行脑子里的小计划（会情人？回家
过年？还是去取回一袋大米？[有它蛰伏一冬
的瘦身体为证]）

真让人捏一把汗
终于它没有成为头冒白浆的牺牲者
像童年的许多癞蛤蟆那样

2009.2.8

桃花

打开窗
桃花在夜色里
像初恋的乳房

遇见桃花
宛如在暗色的大海
打捞古代的珍珠

（借仓央嘉措情诗之意，他说：遇见情意相投的人，
就像从大海里捞上来一件珍宝）

2009.3.26

雷电

暴雨突然倾盆
闪电照亮额头
可以想象的巨雷使人捂起耳朵
一瞬间，宇宙有一个咆哮的核心
——我将终生热爱雷电
这永不驯服的烈火
万古长空，唯有它
能与我的骄傲匹配

2009.7.30

辑三 | 2010-2014
明神

滴答

卫生间的水滴答作响
令人心惊

每时每刻它都在滴下
像发了疯

（这是城市在失血呵）

我们的生命也是一根漏了的管子
可是它深深藏起
那疯了似的滴答之声

2010.6.9

明神

你们可以想象海鸥就是上帝的游泳裤

——海子

无穷的波浪鞭打着我
踏歌而来的你呵
光芒万丈
拯救之神是你
邪恶之星是你
你拆除了世界的边界
又重画了地球的牢狱
我在一切事物中发现你
发明你，凝视你
我在一切语言中倾听你
捕捉你，拥抱你
当你现身的时候
一定是一场暴雨冲刷了我的心灵
当你沉睡的时候
一定是一阵和风带来秘密的信息
因为你无所不在

我终于可以安享我的早餐和日落

因为你的明神

我终于可以在盛开着刺荆花的祖国

静悄悄地活着

静悄悄地死去

一直到那时，我还是被你引领

跨过千山万壑

嬉戏在无穷的波涛之上

2010.6.19

绿

割草机的声音大得惊人
对付大动物的刀子总是无声

闷热天充满雄性味道
草民之血淡若烟尘

发如韭，割复生
一场野火

送别落日的子孙

2010.6

梦

我的一生，将淹没在北方的风沙里
我会死
海水会埋葬我

经过五台山的寺庙西侧
确曾有一片南方的风找过我
它停在路边
温暖，柔和
像一只鸽子

我泅渡过大水才找到你

2010.8.12

我

我走在他的身后
他的影子就是我拖在地上的命运

我降生的时候
好像一颗唯一的星辰
钻石的光芒照亮了母亲的衰弱与疲惫

可是，一日又一日
我不过重复了人类的命运

我从孩子那里看到自己的童年
从镜子里看到自己
从别人的窗户里看到暮色

我是否会不同？

一片树叶
是否会
不落在它的影子上？

2010.8.17

瓷器

我一直想把歌咏献给这美丽的存在
即使在最昏暗的窝棚
它也一如既往地洁白，美丽
使生活闪闪发光
它几乎不会变旧
也不会被时间侵蚀
它的身体原是泥土
但浴火重生
因而它是泥土的凤凰
它永远那么高贵
以自己的恒久映衬着人世的易变
谁能像瓷器呢
谁敢像瓷器
活得那么清脆
在唯一一个摔打的瞬间
就碎得干干净净，无可挽回

2010.8.19

三

起床后，使人厌倦的是：
刷牙，洗脸，上厕所

出门前，心里默念：
钱包，手机，钥匙

（像刻章，办证，发票，一个中关村小贩
它们保证了：自由，绳索，归来）

在街上，你是父亲的儿子，儿子的父亲
一个女人的丈夫

（这使你不至于发疯
甘受屈辱）

三部曲包围着你
也包围着上帝

他神情倦怠，喃喃自语：
一，二，三，出生，活着，死去

（手指拨弄着踉跄

一如流水线上的民工）

眼前出现幻影：钱，老婆，孩子

而天空突然暴怒：闪电，打雷，下雨

噢，谁能给你宽恕？

降罪，赎罪，永生……

2010.8.24 初稿，2011.4.30 改

学习

我想向瓷器学习不变旧的秘密
向狗学习赤诚
向婴儿学习有选择地认识世界

我想向树学习耐心
向灯学习勇敢
向佛像学习面对时间的态度

它们都是它们自己
沉甸甸的存在
而我
一具逐渐凋残的肉体
一副恓惶无主的灵魂

还飘飞在不确定的风中

2010.8.31

杂物

那些杂物挤满台柜
一个个在灯光里呆立着
令人恼怒——
生活被它们搞得很乱！

可是，它们没有一个是没有用的
总有一天，你会拿起它
尽管只是很少的次数
但这也使得它们的存在
不能不被理解为一种忠诚

2010.10.23

笼中

又一年在高枕上悄然流逝
隆中的隆冬
一场大雪和神秘的敲门声迟迟未至
这一天仍是旧的
看不见的变化发生在血液里
荒芜的春天的锈迹
拔剑四顾，酒器茫然

要么明天就来
要么明天就死

2011.1.1

早晨

早晨醒来，头发像庄稼
（是不是已一夜成熟）
胸口涨得发痛
身体里流泻着细沙
一只白气球
布满年轻的血管

什么时候永别了甜美的梦境
黑夜是白天的镜子
持续不礼貌
世界无所逃遁
一张空旷的大床
一块整洁的砧板

扭动着，紧绷着
纵使是燃烧牌火柴
也无法独自燃烧
我的爱人，你何时降临
用粗大的针管
在我体内慢慢注入平静

2011.1.10

在夜里

在夜里，收拾出几部书：
圣经，老子，庄子
这是带回去读的
在时间的无涯荒野
寒冷的乡村
一盏灯寂寞燃烧
自始至终
我都是一个阅读者

必须洗净自己
才能与你相见

2011.1.21

青年十诫

要节制上网
要在真实的生活中行动
要走在时间前面
让空气噼啪作响
要默默流汗，认清自己
但不要孤芳自赏
要成为屠刀
不要做鱼肉
要手脚并用，思想居中
而屈辱终将洗去
——唯有劳动值得信仰
Just do it

2011.2.22

麦子

看见麦子了吗？
 "我不认识麦子呀"
不，不是麦子
是小满的妻子

大路
一把雨中的椅子
一条绷带

看见了吗
雨中的麦子

2011.5.21　小满

监考

一个人在屋里走来走去
一瞬间，他忽然理解了老虎

他很快可以逃亡
走向暴风雨的铁丝网

可是老虎不能

他衷心希望　老虎学会坐禅
目光退回身体
用消瘦的皮肉培植一朵莲花

2011.7.5

槐花

从澄园茶坊出来
啊，槐花落了满车

十一点的霄云路
是树木的世界
风把它们的细语
翻译成凉气

又干净又细腻的槐花
像另一种细雨
落了很久了

槐花是故旧
和它不相见也很久了

如果没有走上槐花的道路
就不会陪伴它的芳容

就辗转于尘土

藏起自身的珍珠

在偶然的停顿中
用一杯热茶
浇灌古老的肺腑

——那里，
会开出另一种花吗？

2011.7.20

我们

我们虽然同床共枕
但总有一面心灵的斜坡停泊在阴影中
不被照亮

在那里，我们互不相识
被忽视的奇花异草
峥嵘生长

它新鲜，颤抖
策划着怪癖和坏脾气
等待被认领

而那注定终生无望
唯有死亡替它合上扑闪的睫毛
将叮咚的甘泉禁闭在黑暗中

2011.8.16

机器

一早起来，我就叫醒了机器
洗衣机泼弄出水响
电压锅卖力地压着土豆
饮水机使一段生水开始煎熬
计算机谄媚地奉上性感画面
当然，还有那可怜的冰箱兄弟
他还年轻，已连续工作 200 天

我站在屋子中央，心满意足
这些忠诚的机器
使早晨充满希望
我就是他们的国王
是我给了他们生命
让他们触电、痉挛
神经质般地颤动
电，这要命的血
让他们兴奋，让他们疲惫
让他们工作致死
仍然莫名所以

2011.9.21

打扫

你开始耐心地打扫，做饭
当你知道命运不可变更时
能改变的唯有这方寸之地
能打破的唯有蔬菜的现状

年轻的人说：一屋不扫，何以扫天下
当你的心老去
屋子就是你的天下
——一片苦苦支撑的土地

灰尘是藏在床底的怪兽
一有机会就伸出触须
撩拨你，消耗你

当你不再动弹
它们就覆盖你，吞噬你
——胜利的永远是灰尘
而你，只是一场幻梦

2011.10.11

酒

酒
是植物的火焰
是粮食的最高等级
是最初
和最后的爱情

2011.10.27

无题

坐在窗前阅读
暮色悄悄降临
又一次点亮台灯，紧闭窗帘
啊，远方
远方在何处？
楼兰国的细沙
从指间不停流泻
我正在经历的生活
就是我唯一的生活

2011.11.13

清晨

五月的鲜花
马路上升起的音乐

每一朵都像绸片
可是，诗人说：花重锦官城

布谷鸟叫了
拉开一个深远的平原

其他的鸟呢喃不断
整个城市含着绿色的雨云

拖出椅子准备工作

不能像你一样肆意
不能像你一样简明

2012.5.22

毕业十诫

要准确说出食堂门口红色花瓣的名字
它们已陪你四个夏季
要去告别爬山虎和白杨树
它们见过你最初的样子
要记住与老师的暗语
未来你能否打开埋藏记忆的沙之书？
要祝福别人，拥抱自己
因为命运无法类比，也无从复制
要看见更高的蓝天，而不仅仅活在云里
其实你每时每刻都握有最美的风景
要把欢笑内化为自己的生命
而不是带着疯狂，与笑容貌合神离
要把心擦亮，并在深夜与之交谈
问问自己是否变成了当初讨厌的模样
要在牛角尖里找到桃花源
我们所执着的，不过是消磨一生的临时方案
而一切如流水，甚至眼泪也滴不进同一条河流
要在毕业时痛饮，把离愁冲洗干净
在镜子里再看一眼自己

就开始四处逃逸

——要快，不要最后一个离开寝室

除非你已心如铁石

2012.6.18 给中文学院 2012 届毕业生

学期

我跟着三位女教师
我们是去博学楼上课
她们有说有笑
一溜烟就不见了

天气变冷了
我在楼拐角处追上她们
其中一个已剪了短发
我们的教室互为隔壁
上课铃响了
离学期结束又近了一周

2012.11.13

老屋

我们在老家的房子，也会慢慢变成一座
老屋吗？
像所有的老屋，先是破败，然后损毁
变为废墟
噢，父亲母亲
当我接你们来北京
已经从你们的神态里
看出深刻的不舍与痛苦
你们大概以为我是无情之人
却不知那也是我最深的噩梦——
彻底告别老屋
我们一家子生活了二十年的老屋
北京，也是一片浮土啊
是飞驰的轮子、油亮的路面与铁轨
把我们驱赶成 21 世纪没有故乡的人

2012.12.23

洞

开着车，街上到处都是大洞
阳光白晃晃的，太阳也是一个大洞

世界像一片荒滩上的建筑

在想象中，我抓住你的手
袖子下露出白皙的皮肉

你是我的春天，春天永驻
一个溺毙的人，缓缓游向岸边

2013.5.3

雨

雨落在花上，落在树里

雨落在湖面上，落在柴堆里

雨落在灰上，落在雾里

雨落在鸟叫上，落在梦语里

雨落在床上，落在我朋友的家里

微茫的人世，像一场清晨的雨一样虚无

2013.5.27

菊花茶

一

一杯菊花茶的夜晚
房间敞开几何状内脏
主人把沐浴后的身体
浸入清凉的夜气
一个人摊开来
独享四季挣扎后的宁静
没有缅怀，没有叹息
年轻时的事，像摘下的菊花
被光阴浸泡得干净、透澈
我的朋友，我们的过去终究不是灰烬
它是我们亲手种下却无法预知的
时间的花

二

菊花和时间开了玩笑

用干燥贮存美丽

当内心的热流涌动

就又一次舒展、开放

释放出那时的天光与气味

遥远的朋友，但愿我们六十岁时还能相见

在一棵秋天的树下

共饮菊花茶

看见年轻时的沧海与明月

2013.10.7

电梯里

"今天上幼儿园了？"
"是啊，你们家的呢？"
"还没到年龄呢。"

一个脸色乌青的男人
疲惫得像甲鱼
但望向两个女人的眼睛
亮晶晶

啊，这一切如此合理
但令人厌恶至死！

2014.2.8

辑四　│　2015-2019
　　　│　坐 一 个 敬
　　　　 亭 山 和 我

许诺

在黑夜，我已经无聊到要读书
读书，就是挖井
打碎自我的镜子
字屑纷飞
幽灵如泉涌
不，这都不是我所需
我费尽力气
就是要挖出命运许诺给我的五十首诗

2015.4.30

桌子

桌子其实从不甘心只做桌子
一有机会，它就要变成
凶器、温床、风景乃至画笔
一件终生的桌子
其内在的灵魂是何等痛苦地忍受了一辈子
（因此有时不免嘎吱作响）
它的名字——人类的符咒，用于训练忠诚
直至烈焰腾空
这受苦的精灵才终于从字的镇压下解放
飞翔在无始无终、无边无际的空白中

2015.5.29

放下

尤瑟纳尔在小说里说：别无他求是一种
最大的享受
要怎样才能达到这样的境界
像蓝天放下它所有的云朵
我日思夜想，通宵达旦……
可是我不能
在我们时代的地平线上
矗立着几个恨恨而死的人
——我中毒太深的灵魂
永不能摆脱这些幽灵的喧嚷

2015.6.30

老屋记

老屋是一辆自行车
曾骑在两条溪流上飞奔
铃铛是夏日的蝉鸣
被柳枝擦得锃亮
点缀着青苔的井台
是绿色座椅
它的温暖柔软
运载着整片竹林
一边是麦地，一边是稻田
这两块四季轮回的踏板
推动日子经过胃的表盘
流水和植物的色彩在太阳下闪光

老屋是一辆废弃的自行车
主人已走上柏油马路
它还停放在泥泞中
河流的链条崩断了
田野的嗓子喑哑
竹林疯长

像不服从的辐条

突破了景物的旧框

飘飞的塑料袋是耻辱的灰尘覆盖

熄灭的炊烟是逝去的轮胎

时间像蚂蚁搬走了大象

没有爱的润滑一切都锈蚀了

在遥远的地方

小孩子也看天空

他不知道

飞鸽永久地飞，会变成凤凰

——一辆骑在云上的彩色自行车

向他的父亲袭来！

2015.7.27

出征记

奈良，一座山中的小城
挂着雨后的灯笼
在简单的街道上
走来深不可测的外乡人
他们的尖刀
在嘴里闪着光
一晚上
就屠戮了五六家生鱼店
直至关门闭户
若草山唱起哀婉的歌声
樱花瓣不待风吹而自落
兴奋的征服者
被宁静细小而慑
终于蹑手蹑脚地渡过温泉，清洗武器
隐入梦乡

2015.7.29

走

走过了多少丘陵

看过了多少湖泊

把夏过作春，风光旖旎

燕语莺啼

你的眼里有一座秘境

鲜花和蜜糖

秋千和院落

伴着嗒嗒的马蹄声来临

又走上麦浪翻滚的长路

追逐天光与云影

在古老的树下驻足

到达几处悠闲的渡口

停留于一枝酒旗和几种熟牛肉

从茅店到板桥

从月色到霜晨

走到天涯尽头

和你一起

看绿光升起

2015.7.29

在龙湖商场

一个清洁工把拖把挥舞得像金箍棒
他的怒气震撼了整个厕所
他把垃圾桶踢得山响
吼叫着和谁拼命的事

在远离现场的电梯里，两个清洁工谨慎地劳动
"出了什么事？你们被扣钱了？"
"哦，就一个，因为他唱歌。"
"商场里禁止喧哗。"
他们严肃地走向下一个工作场所

2015.8.23

绿之海

在绿之海
我的仙人远眺，展翅
翩若惊龙
吞食那不可知的事

我的仙人
把过去化作云雾
明光闪耀
剑胆，冰心
一个傍晚
斩断所有红尘的事

2015.8.31

四时杂咏

春

屋子里，一只瘦鹰在扑腾
远远地，檐角的铃铛响起来了

夏

窗外木叶萧萧
是更深的世界
退到更深处
时代在大路上呼啸而去
是酿一坛封缸的老酒
还是织一挂向隅的蛛丝？

秋

秋已砌进我的身体

秋虫的声波鼓荡了体内的水位
谁呵谁
在虚空中来
携带一枝兰花

冬

地铁里，人们被大风吹着——一群茫然的牲口
楼梯上满是人，排成整齐的两列，缓慢地移动，
像送葬的队伍

冬天是在打铁
做饭的人把耐心擀进面饼里

2015.11.15

剥开

剥开洋葱，一层一层
到无所有
那使你流泪的
不过是空无

剥开桔子
坐在黑暗里吃下它
水花四溅，只一次
就异常完美

2015.11.30

星期六

往南走是京通快速，那条接驳的窄路拥堵得厉害
如果上了京通快速，就还是往东或往西
一直往南，我没有试过
那里是很乱的城乡接合部
一天深夜，似乎在那一带迷过路

往东走有一条河，及乱土堆积的工地
通州燃灯塔可以望见
运河公园也不远
运河公园单调得只剩下运河
运河的尸体

往北走是机场二高速，京平高速
可以到机场，也可以到昌平、顺义、平谷
道路的尽头是农村，干燥
常常是果园或大片的玉米地
农用小卡车又缓慢又喧嚣

往西走沿朝阳北路进城

像一根针穿过五环、四环、三环、二环
那是疲惫的城市
如同一盘被抢吃了五天乱糟糟的蛋糕
那是城市中毒最深的部位

今天艳阳高照
我躺在床上一动不动
无数过去的脸自深渊逼近
一只蟑螂跃跃欲试
嗨，伙伴，你知不知道
最难的迷宫是直线？

2015.12.5

诗断片

1

沉入作者的海底
和他一起游泳
这样你才能捕获他
把一个垂头丧气的人
押解上岸

2（高三时的句子）

梦是一定要说话的妻子
睡眠是默默忍受的丈夫

3

啊，在我们伟大的国度
不能被绳之以法的人

将要被绳之以德

4（给张璐诗）

这些年你走过的海水
这些年我炒下的油盐

5

爱人啊
爱不是湖水
而是涌泉

6

晨光是一碗水
我轻轻捧起
用以浇灌生命中的蓝夜

7

越活
就越露出原形

8

夜雨如注
西瓜王退位了

9

在生命过程中，我们总是不断丢弃一些人
（或者温和一点说，告别一些人）
尽管我们都还活着
但实际上对于彼此，和死了没有两样

10

啊，我心中的天使

你为何长久地收起翅膀
做一个背着手散步的人
一次次将烈火消融在傍晚的炊烟里

11

凉风刮过酒席
我们都在
但空疏是如此醒目
——时光的确带走了什么

12

一只高脚鸟站在桌布上
生活的刻钟一丝不苟地运行
它将折断于它的精细——
清脆的疼痛

13

我躺在床上，张着嘴

像一条小鱼
我要把它捉起来
丢进诗歌里去

14

中午吃
早上吃
晚上还要吃
可耻的是
我们需要川流不息的食物
（扁舟的流水线）
渡过意义未明的生之海洋

15

巨大的秋风撞开我的胸膛
像吹开一间杂货铺
世间的凌乱穿堂入室
真乃不可承受之重

16.（旧时的日记和信）

我不想翻起它们
那仍然是火，会烧得痛苦
可是，在我死后
它们又会让谁痛哭

17

太阳像一串响铃
把我从深渊中摇醒
又是它精心清洗的一天
我们在地面上
不免把它用旧

18

什么时候，床开始变成砧板
随后，日记本变成我的砧板
我手刃的这些汉字
像我被屠戮的睡眠一样

支离

19

伤心就好比心真的受伤
像圆圆的洋葱
被一刀削去一块
于是，生命的血
从眼眶渗出

20

新的一天像一张白纸
你可以裁剪它
也可以涂抹它
到了晚上，它就要被揉成一团
扔进一个无底的黑洞

2012—2017

梁山

洗澡的时候
忽然想起梁山水泊
是寂静后的山林、水面
一轮明月哀婉地照着
镜子里空空如也
没有贾瑞，也没有鲁达
一股怨怒隐于舌底
随时准备搭乘脏话
弹射而出
奶奶们，我的武松，我的李逵呢？
还有在江边炖鱼就着辣子吃的张顺
掀开封印
让他们从唾沫里一一诞生吧
让他们活在江湖（而不是去那间该死的聚义厅）
让他们把恶魔空气散发到全国各地
要烈火，不要干柴

2016.1.12

遇见

如果在路灯下遇见你
你就是茫然的青虫
飞来飞去，背着书囊

如果在台灯下遇见你
你就是均匀的甜梦
透明的翅子轻轻合拢

如果在煤油灯下遇见你
你就是丰饶的土地
（黑酵母）让整个村庄悬浮

2016.1.19

冬天的雪

冬天的雪和母亲的病
黑树枝上乌鸦的剪影

石磨盘不可能
在泥地里滑行

命运呵，倘若焚起忧心
可否修改你血色的钤印？

小精灵，小精灵
挠他的胳肢窝，咬他的脚底板

真想披上你的黑袍子
冲天而逝

2016.1.31

坐

坐一千年
外面下着雪也坐
坐成敬亭山和我
把飞鸟坐成石头
　浮云坐成银丝
坐一个高山流水
　　　相敬如宾
在飞驰的世界里
用坐筛选出与你对称的事物

2016.2.13

一场想象的春雨

哦，雨，雨
墨绿的空气
树枝的画笔乱点
在心痒处
挠上一爪
舌尖，清凉的生之甘泉
雨呵，神的爱之密语
我乃拥有这流奶与蜜之地了
我乃可与小草协商与小虫友好了
昨日惊蛰，（乃不白费）事正举
不服输

2016.3.6

红色的花

红色的花，黑色的夜
潮湿的春之倒影

年月虽快，但已变轻
背包情侣在香气中滑行

听哪，一个人吹起口哨
一扇窗，轻轻开启

幽蓝像触电，烧过草地
树木在终端震颤而痉挛

我的爱，我是如此甜蜜而忧愁
春天啊春天
我能否向春天索要一个保证？（或一张正规发票）

2016.4.11

井

在狭窄的井里下起了雨
雨水打在两堵墙壁之间

雨水的苦水中和了
碧绿的胆汁

生锈的肝，发胖的肠
干杯干杯，琴瑟和谐

大陆的官员打起了
对岸的主意

荷叶窈窕
我换个法子看世界啰

2016.6.6

想象翻旧年的日记

像树叶覆盖下的深潭
像孔雀敞开它的内脏
平原上有那么多火焰与野雨
总有一天
我会在木屋里讲给你
轻细地
直到黎明响起它的笛子
风睡上你的睫毛
金苹果
在地平线闪耀

2016.6.19

明月

明月照进卧室
满床的册页，笏板

明月也得忍受
灰尘的戏弄

在竹林里弹琴，长啸
又到院子里看影子

明月还能不能照见
你的雄心

雄心如破瓮
在墙角腌第几季的酸辛

2016.8.15

幼儿园

小树知道了
有一种像火车一样的监狱
每节车厢的长度是五天

2016.9.9

剃刀

一把刀的锋刃很不容易越过，
因此智者说得救之道是困难的。

——《奥义书》

一把剃刀从天而降
于是山峰肃穆，明月清真
大江无情无义
剃刀不是为了把韭菜逼上绝路
剃刀只有在内部落下
方可造就人性美
剃去芜杂
剃去歧路
剃去暴风与野牛
让善的意志成为自然律
让人的峰峦自大雪中升起

后记：早晨醒来，神清气爽。想到一把剃刀从山峰
落下，修剪了一切芜杂。原来佛门剃发之意深远，
应剃掉的不仅毛发，也是生命中一切多余之物。何
时我才能拥有剃刀一样向善的意志？

2016.9.21

小时候下雨天

小时候下雨天
用手去接屋檐水
大人说：小心，手上会长东西

长大了，还是心有余悸
不敢用手接雨滴
于是就看着
满山谷的雨落在满山谷的石头上

在幽暗的岩石下
送你一株曼珠沙华

2016.10.6

凶手

一个人死了
凶手们围在床前恸哭

2016.10.21

等待

等待一场大雪
降温让房间变空旷

孩子在床上酣眠
一颗甜蜜的果子
一块肉色的石头
跳跃的时间之心
宇宙的质子

呵，因为你不折不扣的生长
成人们虚度的日子
也并不成为虚度的了

如同大雪覆盖
你不可预知的未来
是世间的一种奇迹

2016.11.20

黎明

坐在灯下吃影子的人
用一把细雪佐餐
白色染上天边的胡须
下巴长出鱼肚

看哪，万颗鱼籽迸溅出
金光

2016.11.24

空虚

啊，要拿什么来填补
这星球般的空虚

长一棵树
能填补吗？

提一桶水
能填补吗？

还是用一柄多毛的牙刷
用迷人的烟雾
模糊掉洞口

然后用一生等待
陷落进去的
回声

2016.12.5

另一个我

你日夜犁过土地、山峰和海洋
头发飘扬如旗帜
粗手大脚在阳光下拍起灰尘
你戴着巨大的青铜戒指
破衣烂衫好比陶土雕刻
所经之地，人们称你"笨重的美神"

总有一天，你会来找我
楼梯嘎吱作响
浊重的呼吸带着坚不可摧的意志
泥土从房顶落下
吊灯摇晃

我的兄弟
快从午睡中醒转
你的尘世表演即将落幕

当你看见我
巨大的拥抱使彼此消失、升腾

好比水留下水渍

在我们身后，是一个穹顶

——画满痛苦的肉体

2016.12.11

一双鞋

一双鞋停泊在父亲的床前
它归纳了几十条长路
它举起细小的手臂
像逗号一样向人问候

一双鞋忽然飞起来
它的快乐是走自己的路
光着脚
它的白天是黑夜

它的磨损是它的忠诚
大地是它的战场
道路是它的军粮
它吃着路，又拉着路

（人类在一双鞋的遗体上前进）

它是父亲的骡子
正如父亲是土地的骡子

它常常和父亲的脚相拥而泣

酿造出令上帝不安的

气体

2016.12.11

大觉寺

一座空山怀抱着一座空寺

唯有一株千年银杏

将曾经的诵经声

贮藏在自己的年轮里

谁注视它

就灌注到谁心中

在我的国家

多数是这样，寺的尸体或假躯

停留在寺的遗址

它们在默默等待着

真的精神复活的那一天

2016.12.31

龙泉寺

众人在泥沟里劳动
山门口堆放着犒劳的西瓜
经卷里宁静
但无妨生活火热
僧寮有窄小的窗口
正对茂盛的菜园
有人绕着前代的石塔旋转
每天必经年龄最长的金龙桥
呵，亘古的山野
人能否归于你
归于不二之眼

2016.12.31

159

柏林寺

巨大的平原使寺院来到人间
炊烟与香火混淆
麦地与和尚的青头皮攀比
墙里敲木鱼，墙外打老婆
每一个孩子都在佛祖的眼皮底下诞生
古老的是祖师塔和千年柏树
它们用难懂的方言与不远处的赵州桥交谈
痛苦的人，让我来到你身边
成为你的门，你的桥，你的斜坡，你的悬崖
当你纵身一跃
便休憩在永恒的碧波里

2017.2.2

河边

在河边沐浴的人
一定是被河水带走了灵魂
别指望夕阳还给你
夕阳不过是一个巨型的圆洞
还是找水草索要吧
它扭着水蛇腰
向你指出了含糊不清的道路

2017.1

你见过爱情吗？

你见过爱情吗？你知道它长什么样？

当我在寒凉的夜里坐着
最后一丝热量从皮肤上滑脱
丝绸一般华美
你不能说我没见过爱情

你见过爱情吗？你知道它长什么样？

是像老虎吗？噬人心肺
是像铜钟吗？让每一个毛孔震颤
它走时，是一个大动物平静的背影
你不能说我没见过爱情

你见过爱情吗？你知道它长什么样？

爱情像满弓时射出的箭
用一生记住它飞行的样子吧
当我手握空空的弦索

一只鸟从云端降落

你不能说我没见过爱情

2017.5.25

赠别

你们刚到这里的时候
我到这里六年了
你们要离开这里的时候
我到这里十年了

我解答过一些你们的困惑
但请相信，我的困惑比你们的更多
且无人能为我解答

冬天，我曾越过高窗
看见知行楼的白杨
而你们的头颅
像深埋教室的土豆
（海子说，这些温暖的骨头）

我们并没有分别
而是在遥迢的星光下
接受同一种永恒的测试

把多选题做成单选题

把问答题做成填空题

把周树人做成周作人

我的朋友，这另一所学校无从毕业

老师也不会现身答疑

沿着光亮的方向吧——

如果你心怀明月

明月将成为你的客厅

　　　　2017.6.20　给中文学院 2017 届毕业生

记忆

一个寒冷的冬夜，一条小蛇爬到屋里
我惊跳起来，要把它打死或赶跑
父亲制止了我
他操起一柄铁锹
轻轻铲起这不知所措的小东西
一直把它送进屋外的竹林
他躬身的姿势
像对某种巨大的存在表示敬意

2017.9.11

自画像

我的脑壳是陆地
我的头发是森林
深刻的海浪在额头铺展
上帝呵，你能否辨认我？
我的名字写在水上
我的假面漂浮着
漫无边际

2017.9.15

菜站里

菜站里
卖菜的小伙子对他奶奶说:
你顶多再活十年,够意思了

他的神色轻松,略带嘲讽
而他的奶奶
只是低头摘菜

人生有些事
一定会发生
使人恐惧的是
不知如何发生

为什么不能像电视
不想看就关上

一台不能关闭的电视
甚至有人从里面
爬出来

因此看了两遍《第七封印》

2018.2.18

躺在床上的女人想法

房间里，我的丈夫还在操劳
灯下的影子像一个巨人
他总是睡得很少，又精力充沛
会不会，他就是盘古或夸父
乃至刑天、后羿
从远古到今日
来帮我
来寻求一个人类的确证

2018.3.21

宜昌

当我准备离开
黄色和绿色架住了我
它们把我拖到山岭上
指给我看屈原的房子

当我还年轻
剥开橘子被它苦苦包裹的洁白
所震撼
微苦微甜微酸涩
一个微型宇宙的味道

当我从山上流下
向大海全面铺开自己
我不断回头，转弯
只是想再看几眼
那名为斑斓的橘园

2018.10.31

菜刀

菜刀剁在圆木砧板上
有雪
也有雪里红
年轮的阴影溢出到侧面

无论是劳作
还是欢享
都要在一个更严肃的意义上
进行

2019.4.3

蓝夜

蓝夜里我在跑步
我蹭着地面像在挖藕
莲叶何田田啊
我的脑袋，清明的碧（露珠滚动）
我的躯干，多汁的摩天大楼
我的花呢？
已化为一段垂挂的灰烬
我陷在泥里
过去，他人，无边的世界
我的骨骼在徒劳地
寻找它玉色的同类

2019.5.27

人们

人们只携带了吃饭的嘴
倾诉的嘴忘在箱子里了

人们只打开了顺从的耳朵
聆听真实的耳朵堵塞了

人们的嗓子发出细细的嗫嚅之音
咆哮的嗓子留在老虎家了

老虎在森林里徘徊
更多的老虎被画进了画里

人们的心空洞地跳着
像一面古老而精炼的皮鼓

2019.10.6

变形记

起先是一辆拖拉机
突突地冒着黑烟
又喧嚣又凝重

后来是一幢老房子
哗哗地看着流水
默想作为船的年月

最终是一段黑夜
不停地抛出一些东西
泥土，眼睛，带芒的体积
血色的星星叮当作响

离开的时候
像一只透明的蝉蜕

2019.12.18

后记

精神修为是很神秘的。它虽然无形，却能被人确切地感知。精神修为高的文字，如同高山隆起，使人陡然肃穆；精神修为低的文字则如同柳枝，不仅摇摆，而且倒伏。在面对一种精神的造物时，作者本人因在镜中，可能难辨美丑，但读者诸君，一定是眼明心亮，纤毫必察。

许多杰出的诗人在四十岁之前已经完成了一生的写作。一个四十岁的人拿出区区如许篇什，自然要感到羞惭。许多好诗在梦中飞来飞去，但我抓不住它们。经过多年散漫的业余写作，我感到自己的写作事业快要"融入荒野"；为此编辑整理自己的诗歌，就如同修筑河道，好约束生命的流水。这是我尽管羞惭但仍勉力为之的原因，主要是希望能将这次整理作为四十岁之后的一个起点。我想恳请读者诸君发放一张"你可以继续写"的许可券给我。我想用这本诗集来证明自己还有登堂入室的可能。

驱使我坚持写诗的，是一种微弱但不可摧毁的力量。诗人顾城喜欢说，人活一口气。这里的气，说的不是呼吸，而是"心气"，某种保持高傲和倔强的本能。世界纵然有钢铁机器的质地，但我们必须有这样的骄傲，维护心尖的一厘清洁和柔软。我试图在诗歌中保存的，就是这微弱但不可摧毁的力量。有时，它甚至是人生的全部意义，就像画龙点睛之睛，或美国诗人史蒂文斯放置在荒野上的"坛子"——存在因之而聚拢、生动。

　　"忆君清泪如铅水"，生是沉重的，但我们总得保存一些东西，并确保它们没有丢失——"一片冰心在玉壶"。

胡少卿

二〇一九年十二月二十八日

图书在版编目（CIP）数据

微弱但不可摧毁的事物：胡少卿诗选/胡少卿著. —上海：
上海三联书店，2020.6
ISBN 978-7-5426-6928-5

I.①微… II.①胡… III.①诗集－中国－当代 IV.①I227

中国版本图书馆CIP数据核字(2019)第286966号

微弱但不可摧毁的事物：胡少卿诗选

著　　者 / 胡少卿

责任编辑 / 朱静蔚
装帧设计 / 微言视觉｜乔　东
监　　制 / 姚　军
责任校对 / 周青丰

出版发行 / 上海三联书店
　　　　　(200030) 中国上海市徐汇区漕溪北路331号
　　　　　中金国际广场A座6楼
邮购电话 / 021-22895540
印　　刷 / 山东临沂新华印刷物流集团有限责任公司

版　　次 / 2020年6月第1版
印　　次 / 2020年6月第1次印刷
开　　本 / 787×1092　1/32
字　　数 / 30 千字
印　　张 / 6
书　　号 / ISBN 978-7-5426-6928-5 / I·1584
定　　价 / 48.00元

敬启读者，如发现本书有印装质量问题，请与印刷厂联系0539-2925680。